AF234721

Prompts I

Io Lou

Bibliografische Information der Deutschen Nationalbibliothek: Die Deutsche Nationalbibliothek verzeichnet diese Publikation in der Deutschen Nationalbibliografie; detaillierte bibliografische Daten sind im Internet über
dnb.dnb.de abrufbar.
© 2023 Io Lou
Herstellung und Verlag: BoD - Books on Demand, Norderstedt

ISBN: 9783752834772

Hinweise

Einige der Prompts können Gewalt beinhalten!

Die Prompts sind für alle da. Für alle, die Inspiration brauchen. Niemand hat ein Alleinrecht auf einen Prompt!

Es dürfen keine Inhalte aus diesem Buch, ohne meine Erlaubnis, für kommerzielle Zwecke verwendet werden. Die Prompts sind hauptsächlich für Hobbyautoren vorgesehen. Wenn du einen Prompt oder mehrere Prompts für kommerzielle Zwecke (beziehungsweise Werke mit denen du Geld verdienst) verwenden willst, schreibt mir unter: io.lou@gmx.net

Informationen zu diesem Buch, findest du auf Wattpad unter @IoLou_ oder auf Instagram unter @io_lou

Io Lou

PROMPTS

I

1

Eine Katze verschluckt einen wichtigen Schlüssel, verschwindet und löst dadurch großes Chaos aus.

2

Es werden plötzlich überall Drachenbabys und Eier gefunden, aber keine großen Drachen...Doch eigentlich sollte es keine Drachen geben.

3

Unter dem Boden der Tiefsee gibt es eine Höhle, in der alles anders ist, als von den Wissenschaftlern, die diese erkunden sollen, erwartet.

4

Die Buntglasfenster in einem alten Tempel erzählen die Geschichte eines untergegangenen Reiches. Eine Gruppe Kinder findet zufällig den Eingang zu einem versteckten Raum mit Relikten und lösen damit eine unheilvolle Zukunft aus.

5

Eine Prinzessin, deren ganzes Leben durch Vorhersagungen bereits feststeht, hat genug davon. Sie findet heraus, dass das Königreich am Tag ihrer Krönung angegriffen wird und sucht nun eine Möglichkeit, die vorhergesehene Zukunft zu ändern.

6

In einem Alten Dorf bricht ein Feuer aus. Ein Wolf kommt aus dem Feuer gelaufen und verschwindet mit einem als „Verflucht" geltenden Baby in den Wald. Im Dorf bricht Streit aus und es wird von Katastrophen und seltsamen Ereignissen geplagt. Viele machen das verfluchte Kind dafür verantwortlich. Erfolglos versuchen einige, das Kind zu finden und zu opfern. Zwanzig Jahre später taucht das einstige Baby wieder auf und soll das Schicksal des Dorfes komplett verändern. Doch niemand weiß ob ins Gute oder ins Schlechte.

7

Einst gab es eine Höhle voller Kristalle. Plünderer sind angereist, um die Kristalle zu zerbrechen und zu verkaufen. Doch es stellt sich heraus, dass in jedem Kristalle ein Tier darauf wartet, geboren zu werden.

8

Ein Kind schaut immer in den Himmel, um die Wolken zu beobachten. Das Kind geht zufällig durch ein Portal und gelangt in das Land, das über diesen Wolken liegt.

9

In einem mystischen Wald treiben gefährliche Tiere ihr Unwesen. Eine Gruppe besonderer Jäger soll sie erlegen. Doch die Wesen sind nicht böse, sie greifen nur jene an, die dem Wald und seinen Bewohnern Böses wollen und verteidigen das Herz der Natur.

10

Auf den Gipfeln von Bergen, die wie Nadeln aus dem Boden ragten, lag der Tempel einer alten Glaubensgemeinschaft, die als ausgestorben galt. Die Anhänger dieses Glaubens sind vor einiger Zeit vertrieben worden. Nun sind sie gezwungen sich wieder zu zeigen.

11

In einem sehr alten Wald herrschten Eulen über die Gerechtigkeit. Sie brachten Licht, selbst in die dunkelsten Ecken des Waldes. Das gefiel den Krähen überhaupt nicht. Sie lebten im Schatten und ihnen waren die Eulen ein großes Dorn im Auge.

12

In einem abgelegenen Wald scheint es keine Tiere zu geben. Doch bei Nacht erwecken alle Pflanzen zum Leben. Einmal im Jahr ist das auch tagsüber der Fall.

13

Eine kleine Hexe geht mit ihren Geistern spazieren, dabei entdeckt sie ein verletztes Tier. Die Hexe muss all ihr erlerntes Wissen aufbringen, um dem Tier zu helfen.

14

In den Tiefen eines magischen Waldes leben kleine Elfen. Sie kümmern sich gut um die Pflanzen und Tiere, obwohl sie selbst oft kleiner sind als diese. Doch eines Tages brach eine Dürre aus. Ewigkeiten gab es keinen Regen. Also machten sich ein paar auserwählte Elfen auf den Weg, die Regenmacher zu finden und sie um Hilfe zu bitten.

15

Die Wächterin der Uhren ist stets in ihrem Turm. Sie wünscht sich, einmal hinausgehen zu können, um die Welt zu erkunden, die sie sonst nur durch ihr Fenster sah. Doch sie hatte einen Eid geleistet, ihr ganzes Leben dem Turm und dem Schutz der Zeit zu widmen. Bei einem Angriff verfolgt sie die fliehenden Angreifer nach draußen, doch verliert sie. Die Wächterin nutzt die Chance, um sich kurz umzuschauen. Doch der Ausflug dauert länger als erwartet.

16

Bei einer Magierin kann man sich Symbole mit magischen Fähigkeiten in die Haut gravieren lassen. Eines Tages kam eine junge Kriegerin, um sich ein Schutzsymbol gravieren zu lassen. In dem Glauben, nun geschützt zu sein, zieht sie mit weniger Angst in den bevorstehenden Kampf. Doch durch seltsame Ereignisse stellt sich heraus, dass die Magierin ihr ein bislang unbekanntes Symbol vermacht hat. Unfreiwillig, wird die Kriegerin zur Schicksalsträgerin des ganzen Landes.

17

Ein Mädchen ist, seit es denken kann, in Isolation aufgewachsen, denn sie hatte die Fähigkeit, mit Geistern zu sprechen. In der Welt, in der sie lebt, gilt diese Fähigkeit als Zeichen, dass man verflucht ist. Da sie niemanden hat, der ihr beibringt damit umzugehen wird sie langsam verrückt.

18

Ein verstoßener Ritter verlor alles, was ihm wichtig war. Er versuchte, sich im See zu ertränken, doch eine Wassergestalt, in Form einer Frau, rettete ihn. Dadurch erlangte er die Fähigkeit, Wasserwesen heraufzubeschwören und mit ihnen zu kommunizieren. Über die Zeit lernt er ihre Welt und ihre Gebräuche kennen. Eines Tages wurde das Königreich angegriffen und der Mann sah die Chance, seine Fähigkeiten zu nutzen, um zu helfen und wieder Anerkennung zu erlangen.

19

Ein Wald sieht tagsüber ganz normal aus, doch nachts ragten seltsame, blau leuchtende Pflanzen aus dem Boden. Eine Gruppe Forscher findet heraus, dass es sich um Aliens handelt, die vor langer Zeit hier gelandet sind. Doch wieso sahen sie aus und verhielten sich wie Pflanzen? Warum sind sie zur Erde gekommen? Es stellt sich heraus, dass sie nur Vorboten waren, um die eigentliche Invasion vorzubereiten.

20

Einst herrschte eine strenge, aber faire Königin, sie wurde gestürzt und verfluchte den Thron. Jeder, der ihrem Land nicht gut tat, sollte sterben. Jahre später kehrt ihre Reinkarnation zurück und erhebt Anspruch auf den Thron. Doch so einfach wollen sich die derzeitigen Herrscher ihre Macht nicht nehmen lassen.

21

Es gibt einen Garten, in dem die Träume aller Menschen angepflanzt werden. Die Gärtner geben sich größte Mühe, dass jeder Traum unversehrt bleibt und gedeiht. Doch ein Ungeziefer frisst die Traumpflanzen an. Erst die alten und dann die jungen Pflanzen. Je mehr sie fressen, desto größer und aggressiver werden die Eindringlinge. Wie sind sie überhaupt in den Garten gelangt und wie können die Gärtner sie wieder loswerden?

22

Eine junge Magierin hat sich stets unwohl gefühlt,
unter ihres Gleichen.
Geplagt von Selbstzweifeln, brach sie die Magie-
Schule ab und versteckte sich in einer Hütte.
Dort führte sie wenige Jahre ein glückliches
Leben.
Bis eine Böse Hexe schlechtes Licht auf alle
anderen Magier wirft, da sie die Menschen
unterdrückt. Nun scheint ausgerechnet sie,
diejenige zu sein, die die Kräfte besitzt, um die
Hexe aufzuhalten.
Mit der mehr oder weniger erzwungenen Hilfe
von anderen lernt sie ihre Kraft zu kontrollieren.
Doch wird sie es wirklich schaffen, ihre Ängste
und Selbstzweifel zu überwinden?

23

Düstere Seen und Flüsse erstrecken sich über das
Land. Vor hunderten von Jahren wurden alle
Menschen verflucht. Nach und nach sind sie in die

Gewässer gesprungen und verweilen dort, nicht tot, doch auch nicht wirklich lebendig.
Die einzige Chance, dem Fluch zu entkommen, ist es, jemand anderen seinen Platz einnehmen zu lassen.
So warten die Verfluchten in den Gewässern auf unachtsame Passanten, die sie zu sich ziehen können, um selbst endlich wieder Leben zu können.
Einer der Verfluchten verliebt sich jedoch in sein ausgesuchtes Opfer.

24

Traumspringer leben in Träumen, sie können zwar von Traum zu Traum wandern und sich in denen frei bewegen, jedoch können sie die Dimension der Träume nie verlassen.
Ein Traummonster sorgt dafür, dass immer weniger Menschen träumen und die wenigen Träume immer schlimmer werden.
Das Leben der Traumspringer ist zunehmend in Gefahr und sie sehen sich gezwungen das Traummonster zu bekämpfen.

25

Tief im Dschungel gibt es ein Volk, dessen Leben sich nur auf den Baumkronen der riesigen, verzweigten Bäume abspielt.
Die starken Äste bieten genügend Stabilität, um kleine Hütten darauf zu bauen.
Seit Anbeginn, weiß jedes Kind, dass der Boden des Dschungels tödlich ist.
Eines Tages gerät ein Junge in einen Kampf mit einer kletternden Raubkatze, die ebenfalls gänzlich in den Baumkronen lebt. Zu Ihrem Pech fallen beide hinab.
Verletzt und schockiert, beenden sie den Kampf. Beide scheinen nun aufeinander angewiesen zu sein.
Der Versuch, die Riesenbäume hoch zu klettern, scheiterte mehrfach und auch auf Rufe gab es keine Rückmeldung. Wie gefährlich ist der Boden? Was wird sie hier erwarten? Stimmen die Legenden? Und werden sie es jemals wieder hinauf schaffen?

26

Die Forschung an künstlicher Intelligenz ist auf ihrem Höhepunkt. Roboter sind von ihrem Aussehen und ihrer Bewegung her kaum noch von echten Menschen zu unterscheiden.

Die Regierung beauftragt eine Gruppe an Wissenschaftlern, die Roboter zu perfektionieren. Dabei haben sie keinesfalls Gutes mit den Robotern vor. Einer der Wissenschaftler kann die Pläne der Regierung nicht mit seinem Gewissen vereinbaren. Doch seine Faszination für die nicht menschlichen und dennoch so menschlich wirkenden Maschinen bleibt bestehen.

So kommt er auf die Idee, alte Seelen in die Roboter einzupflanzen. Ohne Erinnerungen, aber so würden sie gänzlich menschlich wirken.

Nach vielen Versuchen gelingt ihm das Vorhaben. Dabei hat er einem der Roboter versehentlich die Seele einer Hexe eingepflanzt.

Alles läuft aus dem Ruder, doch damit nicht genug, nun mischt sich auch noch die Regierung ein.

27

Ein menschlich aussehender Roboter wird auf eine Zeitreise geschickt, um die neue Zeitmaschine zu testen. Sein Ziel war eigentlich das 21. Jahrhundert.
Durch einen technischen Fehler findet er sich im 16. Jahrhundert auf einem Piratenschiff wieder.

28

Ein Forscher erfährt, dass die Welt untergehen soll. So macht er es sich zur Aufgabe, herauszufinden, wie genau die Welt untergehen soll und wie man das verhindern könnte.
Tragischerweise findet der Weltuntergang dennoch statt. Der Forscher wachte ohne Erinnerungen in einem futuristischen Krankenhaus auf. Nach seiner Genesung wird er gebeten, den Untergang einer Welt zu untersuchen.
Die Menschen dort sehen zwar menschlich aus, aber der Forscher bekommt das Gefühl, dass etwas mit ihnen nicht stimmte. Nach einem Unfall erlangt er Stück für Stück eine Erinnerung zurück. Letztlich fällt ihm auf, dass die vor hunderten

Jahren untergegangene Welt, die er untersuchte,
seine einstige Heimat war.

29

Auf der ewig weiten Fläche einer Steinwüste liegt
das Skelett eines Riesen. So groß wie eine ganze
Siedlung. Zumindest so groß wie die, die daneben
gebaut wurde. Über lange Zeit hinweg hielt das
Skelett alle Ungeheuer fern.
Eines Abends gab es ein verheerendes Gewitter.
Den Tag darauf fanden ein paar der Bewohner
gigantische Fußabdrücke. Die Riesen schienen
doch nicht ausgestorben zu sein.
Warum sind sie zurück und wollen sie den
Menschen böses?

30

Ein gefragter Heiler reist in ein mächtiges
Königreich, um die schwer kranke Königin zu
retten. Erst weigert er sich, doch wird letztlich
dazu gezwungen, da er der Beste in seinem Gebiet
sei.
Doch der Heiler schafft es nicht, die Königin zu

retten und verschwindet sofort nach ihrem Tod. Der König setzt ein Kopfgeld auf ihn aus, denn er gibt dem Heiler mit seiner falschen Behandlung die Schuld.

Bei der Suche nach dem Heiler stellt sich heraus, dass er nie ein Heiler war. Er verfluchte seine Patienten.

Der Fluch sorgte dafür, dass sie keine Schmerzen mehr hatten und gesund wirkten, aber auch dafür, dass sie gehorsam wurden.

Es scheint, als würde der falsche Heiler für jemanden eine Armee aufbauen. Doch für wen und warum?

31

Weltenwanderer haben die Fähigkeit, von Welt zu Welt zu wandern. Dabei gehen sie über verzweigte Wege, an jedem Wegende ist die Tür zu einer Welt. Nur Weltenwanderer können die Dimension der Wege und Türen betreten. Eine Organisation findet einen Weg das ebenfalls zu können und stiftet Chaos. Die Anhänger dieser Organisation fangen an, die Wege und Türen zu zerstören, so wie Jagd auf die Wanderer zu machen.

Doch warum? Und wer wird sie aufhalten können?

32

Tief im dichten Wald liegt das Herz.
Das große, rot leuchtende Herz ist umschlungen vom Stamm und den Wurzeln eines alten, massiven Baumes.
Eine Legende besagt, wer das flüssige Innere des Herzens trinkt und es zerstört, wird die Macht über den Wald und all seine Kreaturen erhalten.
Doch die Legende besagt auch, dass zwei Waisenkinder dafür bestimmt sind. Mit dieser Macht sollen sie alle Königreiche einnehmen und die Völker wieder zusammenführen.
So beginnt ein Wettlauf zwischen den Königreichen, die diesen Wald umgeben. Nicht nur wegen der Suche nach den Waisenkindern, um diese zu eliminieren, auch weil jeder zuerst bei dem Herz sein will, um die Macht zu bekommen.
Auch die besagten Waisenkinder erkennen ihre Bestimmung und versuchen, nach einigen Zweifeln, sich zu finden. Damit beginnt für sie eine schwere Reise, gespickt mit Gefangenschaft und Flucht.

Doch sie haben Glück, der Wald ist auf ihrer Seite
und versucht die gierigen Könige vom Herz
fernzuhalten.

33

Eine junge Frau wacht nach einem Unfall in
einem Krankenhaus auf. Seltsame Ereignisse
enthüllen noch viel seltsamere Geheimnisse und
so langsam bekommt die Frau das Gefühl, dass
etwas nicht stimmt.
Durch verschlossene Dokumente muss sie
feststellen, dass alle um sie herum schon lange tot
sind. Eine Katastrophe hatte allen Patienten, so
wie den Mitarbeitern, das Leben gekostet.
Sie versucht aus dem Krankenhaus zu fliehen,
doch das ist schwerer als gedacht, denn die
Geister wollen sie nicht gehen lassen.
Als sie es letztlich schafft und das Gelände
verlässt, blickt sie zurück und sieht das zerstörte
Gebäude in dem überwachsenen Gelände.

34

Forscher entdecken eine Kristallhöhle. Obwohl ihre Existenz eigentlich geheim gehalten werden sollte, bekommt das eine Gruppe Abenteurer mit.
Anfangs schien noch alles gut zu gehen, doch schnell dämmerte ihnen, warum diese Höhle geheim gehalten werden sollte. Beunruhigende Funde wurden zu ihrem geringsten Problem.
Die Kristalle manipulierten den Verstand und verlocken jede Seele zu bösen Taten.

35

In einem unbekannten Land, weit hinter den Grenzen des Königreiches, ist ein düsterer Sumpf.
Eine große Angst einflößende Kreatur soll dort leben. Der Sumpf und die Dunkelheit schienen sich auszubreiten, somit kam auch die Kreatur dem Königreich immer näher.
Warum dehnt sich die Dunkelheit aus?
Und ist die Kreatur wirklich so böse, wie sie scheint?

36

Ein Mädchen wacht eines Morgens auf und stellt fest, einen roten Faden an ihrem Handgelenk zu haben. Dieser führt zum Fenster hinaus, doch sie kann kein Ende erkennen.
Das Mädchen versucht den Faden durchzuschneiden, doch das klappt nicht, stattdessen zerbricht die Schere.
Jedes Mal, wenn sie versucht, den Faden loszuwerden, hat sie unerträgliche Schmerzen im Herz.
So beschließt sie, dem Faden zu folgen.

37

Eines Abends verschwanden nach und nach die Farben. An manchen Orten Meter für Meter, an anderen wiederum eine ganze Farbe auf einmal. Nur wenige Menschen und ein paar Tiere können die Farben immer noch sehen.

38

Seit Ewigkeiten ist der Tempel der Sonne der Mittelpunkt des Landes. Zwar sitzt dort nicht die

Regierung, aber die Anhänger der Sonne sind deren größte Unterstützung.

Unruhen im Land führen dazu, dass die Anhänger der Schatten den Tempel der Sonne infiltrieren, um die Regierung zu stürzen.

Dabei sind Ihre Intentionen nicht einmal böse, denn die Regierung war keinesfalls ein Unschuldslamm.

39

Die Hexe des Waldes wird immer verachtet, schließlich sind Hexen gefährlich und böse.

Dabei macht sie den lieben langen Tag nichts anderes, als sich um die Tier- und Pflanzenwelt zu kümmern, ihren kleinen Garten zu pflegen und Wesen, die verloren umherlaufen, zu ihrem richtigen Ort zu leiten.

Eines Tages läuft ihr ein Wolf über den Weg, der sie hilfesuchend bittet, ihm zu folgen.

Unvoreingenommen und naiv wie sie ist, geht sie dem Wolf hinterher.

Doch sie wurde in eine Falle gelockt.

Kaum fand sie sich in Ketten wieder, so löste sich der Wolf in Luft auf.

Die Hexe schafft es zu fliehen, aber damit war die

Jagd auf sie noch lange nicht beendet.
Der Wolf, der sie reingelegt hatte, taucht wieder
auf und entpuppt sich als Gestaltenwandler. So
groß ihre Skepsis ihm gegenüber ist, stellt sich
heraus, dass ihr wohl nichts anderes übrig bleibt,
als ihm zu vertrauen.

40

Eine Meerjungfrau wird von Fischern gefangen.
Sie beschließen sie zum König zu bringen, um mit
dem Geld, welches er für die seltenen
Meerjungfrauen bezahlt, ihrem Leben in Armut
entfliehen zu können.
Einer der Fischer verliebt sich jedoch in sie.
Vergeblich versucht er, die anderen von ihrem
Vorhaben abzuhalten.
Wird er es schaffen, die Meerjungfrau aus den
Fängen des Königs zu befreien?

41

Eine kleine Kreatur hat seine Familie verloren.
Um sie wiederzufinden, begibt er sich in die, für
ihn unbekannten Baumkronen, des dichten

Dschungels. In der Welt, die nur wenige Meter über der Seinen liegt, scheint dennoch alles anders abzulaufen. So trifft er dort auf neue Freunde, die ihm helfen, aber auch auf jene, die ihn davon abhalten wollen, seine Familie wieder zu finden.

42

Eine Fee hat die Aufgabe, Blumen zu pflegen und zu schützen.
Sie hat andere Feenfreunde mit allerlei verschiedenen Aufgaben, mit denen sie sich regelmäßig trifft.
Nach dem alljährlichen Fest des Friedens, mit einem einst verfeindeten Volk, gerät das Volk der Feen in einen Hinterhalt. Die alten Feinde wurden zu erneuten Feinden. Die Feen waren gezwungen, ihre Magie abzugeben und die Natur, die sie schützten, wurde immer schwächer.
Die Fee der Blumen ist eine der letzten, die ihre Magie noch haben und somit auch eine der letzten, die ihre Feinde noch aufhalten konnten.

43

Jeder hat ein Seelentier, das wurde der jungen Magie-Schülerin stets gesagt.

Doch so langsam zweifelt sie daran, denn eigentlich müsste ihres sie bereits gefunden haben. Auch die magischen Fähigkeiten kannte sie noch nicht. Was nichts Ungewöhnliches war, denn welche Magie man selbst beherrscht, stellt sich erst im Laufe des Lernens heraus.

In ihrem Alter wussten die meisten allerdings bereits, für welche Magie sie geschaffen waren. So beschließt sie nicht länger zu warten und ihr Seelentier selbst zu suchen.

Eine Reise voller Abenteuer und Gefahren beginnt.

Doch noch größere Gefahren warten auf sie, als sich nicht nur herausstellt, dass sie selbst die Magie des Lichts beherrscht, sondern auch noch, dass ihr Seelentier ausgerechnet ein Schattendrache ist.

44

Ein Mädchen fällt von einem Baum und wacht an einem unbekannten Ort auf. Doch das makaberste daran, sie ist nicht mehr in ihrem Menschenkörper, sondern in dem eines jungen Rehs.

Und was ist mit den anderen Tieren los? Allesamt können sie sprechen und das Mädchen stellt fest, dass scheinbar alle Tiere einmal Menschen waren. Schon bald wird sie auch noch anderen dunklen Geheimnissen auf die Schliche kommen.

45

Die Göttin des Goldes soll entführt werden, um zwielichtigen Menschen zum Reichtum zu verhelfen.

Doch ihre Entführung und der Versuch, sie wieder zu befreien, zieht ungeahnte Folgen nach sich.

46

Eine Prinzessin ist gezwungen zu fliehen. Nach einer Reise voller Strapazen gelangt sie zu einem eigentlich verfeindeten Volk. Mit viel Mühe und Arbeit schafft sie es, dort akzeptiert zu werden.

Nach dem unerwarteten Tod der Anführerin nimmt sie mehr oder weniger durch einen Zufall ihren Platz ein.

Doch es dauert nicht lange, bis sie sich zwischen ihrer alten Heimat und ihrer neuen Verantwortung entscheiden muss.

47

Ein Junge hat kaum Freunde, umso mehr ist er mit seinem Hund in den Wäldern hinter dem abgelegenen Bauernhof, in dem er mit seinen Eltern und seinem Bruder lebt, unterwegs.

Eines Tages rennt der Hund mitten im Wald davon, verzweifelt sucht der Junge nach ihm, als er in der Angst, seinen besten Freund verloren zu haben, in ein mit Ästen und Laub überdecktes Erdloch fällt.

Zu seinem Glück hat er sich nicht verletzt. Er konnte seine Gefühle nicht einordnen, als er aus einem Tunnel das Bellen seines Hundes hörte, der scheinbar zuvor ebenfalls hier rein gestürzt war.

Seinen Mut zusammen nehmend folgt er dem Bellen durch den schmalen Tunnel.

Am Ende angekommen traute er seinen Augen

nicht. Ein idyllischer See, kleine Wasserfälle und Tiere, die er noch nie zuvor gesehen hatte. Ihm fehlten die Worte, als er noch dazu überall glänzende Kristalle sah

In der Mitte des Sees war ein zugewachsener Steinriese.

Nachdem er sich über die Zeit hinweg mit dem Steinriesen befreundet hatte, nahm er auch immer mal wieder Kristalle mit, um daraus eine Kette zu basteln.

Eines Tages, als der Junge nach seinem Ausflug in die nahe gelegene Stadt ging, um dort etwas zu essen zu holen, fielen ihm ein paar Kristalle aus dem Rucksack.

Auch wenn der sie schnell wieder aufsammelte, schien es wohl anderen aufgefallen zu sein, denn noch auf dem Rückweg wird er in einer kleinen Gasse abgefangen und bedroht. Aus Angst verrät der Junge, wo die Kristalle zu finden sind.

Wenig später muss er feststellen, dass große Baugeräte dort sind, wo der Eingang zum geheimen See ist.

Seine Hoffnungen, dass sie den See selbst noch nicht erreicht hatten, erloschen schnell, als er auf die hohen Felsen kletterte, die den See verborgen hielten.

Sein schlechtes Gewissen plagte ihn und er versuchte, sich verzweifelt einen Plan zu überlegen, diesen wunderschönen und vielfältigen Ort vor der Zerstörung zu retten.

48

Inmitten einer magischen Wüste liegt eine Oase, die Heimat für Mensch und Tier ist. Während das Leben dort blüht, ereignen sich in der Wüste vorerst unerklärliche Vorfälle.

Als nun auch die ersten dieser Vorfälle in der Oase geschehen, sieht sich eine Gruppe von Bewohnern gezwungen, der Sache auf den Grund zu gehen. Auch wenn sie dafür den Schutz ihrer Heimat verlassen müssen, um eben diese zu retten.

49

Ein Kind läuft zu weit in einen Wald hinein. Als es zurück will, stellt das Kind nicht nur fest, sich verlaufen zu haben, sondern auch, dass der Wald immer sonderbarer wurde.

Zeit und Raum verhielten sich nicht wie gewohnt

und schienen keinen Sinn zu ergeben.

Das Gefühl, beobachtet zu werden, stellte sich als richtig heraus, als das Kind merkte, dass der Wald überall Augen hatte.

Doch was hat es mit diesem ungewöhnlichen Ort auf sich?

Was liegt hinter dem Wald und was wird mit dem Kind geschehen?

50

Seit langer Zeit blüht die große, glorreiche Unterwasserstadt auf.

Doch seltsame Gestalten treiben seit neustem ihr Unwesen und stellen sich bald als gefährlicher heraus, als anfangs vermutet.

51

Eine Frau wirft ein Diadem, welches mit einem Fluch belegt ist, in einen geheimen See.

Eine lange Zeit später muss ihre Reinkarnation dieses Diadem wiederfinden.

52

Eine Krähe und eine Eule streiten sich um einen magischen Gegenstand.

53

Ein Mann lebt ein ganz normales Leben. Doch was er nicht wusste ist, dass er Teil eines Experimentes war, in dem Menschen in eine abgewandelte Vergangenheit geschickt wurden, um nachzuvollziehen, welche Entscheidungen die Zukunft wie verändert hätten. Die Werte der Probanden wurden mit einem Chip kontrolliert und die Werte des Mannes, warfen bei den Verantwortlichen viele Fragen auf.

54

Auf einer fremden Welt war die Oberfläche kahl, kein Leben und keine Pflanze konnte dort gedeihen. Die alte Zivilisation hatte sich den Umständen jedoch angepasst und riesige Gewächshäuser gebaut. Als Menschen diese Welt bereisten, um die wertvollen Mineralien abzubauen, aus denen die Oberfläche des Planeten bestand, plünderten die Menschen diese Gewächshäuser, da ihre eigenen Vorräte aufgebraucht waren. Die Einheimischen wehrten sich erfolgreich. Doch nachdem die Menschen erfuhren, dass die Pflanzen noch wertvoller waren, brach ein erbitterter Kampf aus.

55

In einer Welt waren alle Pflanzen, Tiere und Steine bunt. Eines Nachts zog ein starkes Gewitter über die Länder und der giftige Regen wusch die Farben davon. Das Wasser, zusammen mit den Farben, verschwand in ein mysteriöses, riesiges Loch, das scheinbar unendlich tief war. Ein mutiges Team erforscht das Loch und macht erschreckende Funde.

56

In einer zerstörten Welt hat eine Gruppe von Menschen Zuflucht auf einem Schrottplatz gefunden. In dem Glauben, die einzigen Menschen zu sein, halten sie die Kreaturen, die nachts umherwandern und das extreme Wetter, für die größte Gefahr. Doch die sollte ausgerechnet ihre eigene Spezies sein. Eines Morgens findet einer der Gruppe ein großes Loch im Zaun und es fehlt Schrott. Als sich die Einbrüche häufen und sie einen der Eindringlinge schnappen können, stellt sich heraus, dass es weit entfernt eine große Zivilisation gibt, die es auf alte Waffentechnik abgesehen hat. Diese gibt es auf dem Schrottplatz und lässt sich für viel Geld an die Waffenhersteller verkaufen. Ein Teil der Gruppe will dem Ganzen auf den Grund gehen und zwingt den Gefangenen, sie dorthin zu führen. Dort angekommen verraten sie jedoch aus versehen den Standpunkt des Schrottplatzes und es entfacht ein Kampf um ihre Heimat.

57

Eine Frau fährt nach einem anstrengenden Arbeitstag nach Hause. Auf der Hälfte der Strecke geht ihr Fahrrad kaputt und sie muss es schieben. Ihr Weg führt entlang einer kleinen, ruhigen Straße, die durch einen Wald läuft. Der Wald war nicht groß und der Herbst färbte die Blätter bunt. Nach einer Weile merkte die Frau, dass etwas seltsam war, eigentlich sollte sie schon längst zu Hause angekommen sein, doch sie hatte noch nicht einmal das Ende des Waldes erreicht. Sie zweifelte an ihren eigenen Sinnen, als sie noch einmal auf die Uhr schaute und feststellte, dass sie schon eine Stunde unterwegs war, obwohl es sonst nur zehn Minuten dauerte. Am Abend wird die Frau als vermisst gemeldet und sie ist spurlos verschwunden, lediglich ein Teil des Fahrrades wird gefunden.

58

Hoch oben auf einem spitzen Felsen wurde eine Festung gebaut, dort sollen Relikte aus der Zeit der dunklen Magie verwahrt und verschlossen werden.
Nach einem Jahrhundert wurden dort ausgewählte junge Magier und Magierinnen ausgebildet, um Jagd auf die letzten Anhänger der dunklen Magie zu machen. Eine junge Frau mit dunkler Magie schleust sich ein, doch zweifelt schon bald daran, auf welcher Seite sie nun stehen soll.

59

Eine riesige Schlange bewacht den Eingang zu
einer Höhle, in der ein wertvoller und mächtiger
Schatz versteckt ist. Nach einer Katastrophe
scheint dieser scheinbar unerreichbare Schatz das
einzige zu sein, was das Land und die Menschen
noch retten kann.

60

Mitten in einer Steinwüste ist ein einsamer Berg.
Durchlöchert von vielen Tunneln und Höhlen,
bietet er vielen Menschen ein Zuhause und Schutz
vor den peitschenden Winden, die über die Ebene
ziehen. Als ein Bewohner jedoch spurlos
verschwindet und ein weiterer entführt wird,
sehen sich ein paar von den Menschen gezwungen
die Steinwüste und ihre Widrigkeiten zu
durchqueren, dabei sehen sie auch zum ersten Mal
was hinter der ewig weiten Ebene liegt.

61

Vor langer Zeit gab es einen Sänger, der ein Lied
über die Zukunft schrieb. Er wollte ein zweites

Lied schreiben und hatte bereits mit dem Text begonnen. Als sich herausstellte, dass das erste Lied die Wahrheit sagte, wurde er auf mysteriöse Art und Weise getötet und konnte sein zweites Lied nie komplett fertig stellen oder veröffentlichen. Doch nun ist sein Wissen über die Zukunft wichtig, um tausende Menschen zu retten.

62

Eine junge Magie-Schülerin geht in ein magisches Kaufhaus, um Sachen für die Schule zu kaufen. Da bekommt sie ein Verbrechen mit. Das mutige Mädchen beschließt, dem ganzen auf die Spur zu gehen und gerät dabei in die Kreise einer geheimen Anti-Magie-Organisation.

63

Um den Ewigen Kampf des Reiches der Hellen Magie und dem der dunklen Magie zu beenden, soll es eine Hochzeit geben. Die erstgeborene Tochter des Lichts und der erstgeborene Sohn der Dunkelheit wurden nun für dieses Bündnis,

mittels eines Rituals, ausgewählt.
Doch die beiden sind davon keinesfalls begeistert,
denn beide hätten das andere Land lieber
kämpferisch besiegt. Ein gemeinsamer Feind
zwingt sie dazu, zusammen zu arbeiten, aber auch
sich gegenseitig auszunutzen.

64

Eine Heilerin wird nach einem Angriff als
Gefangene genommen, um den Anführer zu
heilen. Unter seinem Schutz bleibt sie vor
Anfeindungen bewahrt. Doch als dieser Stirbt,
wird sie nicht nur dafür verantwortlich gemacht,
sondern steht nun auch völlig allein da, mit einem
anderen Glauben, anderen Sitten und Fähigkeiten,
die nicht gern gesehen sind. Doch zurück gehen
kann sie nicht und als sie bemerkt, dass sich eine
mysteriöse Krankheit ausbreitet, beschließt sie zu
bleiben und zu helfen, ob die anderen es wollen
oder nicht. Über die Zeit erarbeitete sie sich so
Anerkennung und Akzeptanz. Dennoch gibt es
einige, denen sie ein Dorn im Auge ist.

65

Über eine tiefe Schlucht führen viele Brücken, teilweise sogar solche, die Häuser tragen. Die Stadt, die über und am Rand der Schlucht lag, tat alles, um das, was in der Schlucht lebte, fernzuhalten. Dabei lebten dort nur Menschen, die nichts gemacht haben, außer eben nicht in die Gesellschaft zu passen. Zwar gab es vereinzelt Menschen, die hinauf und hinunter konnten, dennoch war es nur eine Frage der Zeit, bis den Menschen in der Schlucht, die Unterdrückung zu viel würde und sie einen Weg finden würden, sich zu wehren.

66

Ein Luftschiff, betrieben durch eine riesige Maschine, ist die Heimat von 200 Menschen, die eine geheime Gesellschaft bilden. Sie betreten nur einmal im Jahr den Boden, um Vorräte zu holen und ihre Pläne mit anderen wichtigen Menschen zu besprechen, so auch mit denen, die eben diese Pläne umsetzen.

67

In einem großen Gewächshaus werden lebende Pflanzen gezüchtet. Sie sollen im Wald ausgesetzt werden, um diesen, wie vor vielen Jahren, zu besiedeln. Denn dort wurden sie zuvor fast ausgelöscht und darunter hat der Wald sehr gelitten.
Dafür werden extra Gärtner ausgebildet. Eines Tages schleicht sich ein Spion ein und stiehlt Pflanzen. Einige der Pflanzen-Tiere sind sehr mächtig und stark, so lag es einigen Organisationen nahe, sie als Waffen zu verwenden.
Doch die meisten gestohlenen Pflanzen waren noch zu jung und starben, nachdem sie aus dem Gewächshaus gestohlen wurden. Eine hat jedoch überlebt und wurde in Gefangenschaft großgezogen.
Doch die Pflanze schaffte es, nach einiger Zeit zu fliehen.

68

In einer Höhle wachsen leuchtende Pilze. Für viele Völker gelten sie als heilig. Eine Gruppe

Forscher macht sich eben diese Völker zu Feinden, als sie ein paar der Pilze entwenden und untersuchen. Die Pilze dürfen nicht beschädigt werden, doch dadurch finden die Forscher heraus, dass die Pilze eine stark heilende Wirkung haben. Eine mächtige Anführerin wurde krank und die Pilze sind das einzige, was sie noch retten kann. Die Forscher müssen es nun schaffen, in die Nähe des Volkes zu kommen ohne aus Hass getötet zu werden. Und sie müssen sie dazu überreden, ihnen zu erlauben, die Anführerin mit den heiligen Pilzen zu behandeln, was gegen deren Glauben geht.

69

Zwei Kinder spielen an der Quelle eines Baches. Ihnen wurde stets gesagt, sie dürfen den Bach niemals weiter abwärts folgen, nur der obere Bereich der Quelle ist erlaubt. Ein goldener Fisch tauchte plötzlich auf und wie in Trance, konnten sie sich nicht weigern, ihm zu folgen. Der Bach grub eine immer tiefere Schlucht in den steinigen Boden. Die Wände waren nun schon so hoch und steil , dass die Kinder es nie mehr schaffen könnten, hinauf zu klettern. Auch das Sonnenlicht

schaffte es kaum noch, bis zum Boden der
Schlucht vorzudringen.
Am Ende angekommen, finden Sie einen dunklen
See, in dem der Fisch in die Tiefe abtaucht. Neben
dem See steht eine kleine Hütte, in der eine
verbannte Hexe lebt.

70

Alle Träume sind vorbestimmt. Träume sind auf
jede Person angepasst, haben etwas zu bedeuten
und haben meistens Einfluss auf die Zukunft der
Person. Ausgerechnet in einer Zeit, in der Träume
wichtiger sind als je zuvor, stellen ein paar
Personen fest, dass ihre Träume vertauscht
wurden. Das Phänomen tritt immer öfter auf und
so geraten die Hersteller und Verteiler der Träume
unter Verdacht.

71

Eine Gruppe Freunde wandert durch einen Wald.
Nach langer Zeit finden sie ein einsames und
zerstört aussehendes Gebäude. Mit etwas Zweifel
beschließen sie letztlich, hinein zu gehen. Zu ihrer

Verwunderung finden sie sich in einer seltsamen Bibliothek wieder. Sie ist zwar verlassen, aber so ordentlich, dass man denken könnte, die Menschen wären erst vor ein paar Minuten gegangen.

In einem düsteren Raum, den man scheinbar versucht hat, zu verschließen, fliegt ein Blatt Papier hinter einem Regal hervor und legt sich auf ein Pult, in der Mitte des Raumes nieder. Dort wird erklärt, was mit der Bibliothek geschehen ist und was nun die Aufgabe der Freunde sei. Darunter ein Spruch, der die Bibliothek und die Magie zum Leben erwecken soll. Nach langer Diskussion merken die Freunde, dass sich die Tür nicht mehr öffnen lässt. Einer der Freunde sagt den Spruch.

72

Der Schiffsbauer eines Piratenbundes wird gefangengenommen. Nachdem die Piraten angegriffen haben und wertvolle Schätze geklaut haben, wir der Schiffsbauer gezwungen ein Schiff zu entwerfen, welches schneller und besser als alle anderen ist, denn sie müssen die Piraten unbedingt davon abhalten, mit dem Schatz eine

Geheime Insel zu erreichen oder zumindest eher dort sein. Die Angegriffenen kennen den Standort der Insel nicht, nur jene, die dem Fluch des Sehens zum Opfer gefallen sind, können diese geheimen und mystischen Inseln finden. Doch zum Glück haben sie so jemanden ebenfalls finden und gefangen nehmen können. Nach ein paar Komplikationen ist das Schiff fertig. Die Frau mit dem Fluch und der Schiffsbauer, da dieser sich mit den Piraten auskennt, werden gezwungen mit zu segeln. Obwohl sich die beiden nicht sonderlich leiden können, stellen sie fest, dass sie zusammenhalten müssen, um die immer schlimmer werdenden Gefahren zu überstehen.

73

In einem fliegenden Leuchtturm, am Ende des Wolkenmeeres, lebt eine einsame Person, die Tag für Tag und Nacht für Nacht dafür sorgt, dass die Luftschiffe sicher die Handelsstadt erreichen. Eines Tages wird diese Person in die Stadt zu einem Treffen mit dem Rat eingeladen. Widerwillig muss die Person zustimmen, jemand ausgewähltes Auszubilden. Wenig später kommen über das Wolkenmeer, erst Schmuggler, die Chaos

stiften und einige Tage danach auch feindliche
Schiffe.

74

Eine junge Frau lässt sich zur Magierin ausbilden,
doch scheitert bei fast jeder Übung. Kurz vor der
Prüfung hat sie so sehr Angst, dass sie sich
gezwungen sieht zu schummeln. Über mehrere
Kontakte findet sie eine Alchemistin, die ihr einen
leistungssteigernden Trank gibt. Bezahlen muss
sie erst, wenn sie die Prüfung besteht. Und das tut
die junge Magierin als eine der Besten. Gerüchte
und Zweifel machen die Runde und die Frau
beschließt, nach ihrer Bezahlung erst einmal in ein
anderes Land zu reisen, um den Anfeindungen zu
entgehen. Schweren Herzens bezahlt sie mit
einem silbernen Ring, den sie geerbt hat. An der
Grenze wird sie überfallen, doch sie erkennt die
Alchemistin. Ihr wird nichts geklaut, stattdessen
drücken die Angreifer ihr den Ring auf den
Finger, welcher sich innerhalb von Sekunden in
ihre Haut brennt. Fortan wird sie von seltsamen
Visionen geplagt und hat Anfälle, in denen sie
Bruchstücke unbekannter Magie beherrscht. Sie
versucht das zu verstecken und ein normales

Leben zu führen, aber andere Magier bekommen das mit. Sie erfährt sie von den Besonderheiten des Rings und von einer unheilvollen Prophezeiung.

75

Niemand mochte den schmächtigen jungen Wolf in seinem Rudel, denn seine Vorfahren hatten das Rudel verraten und er war als Krieger nicht gut genug. Ausgerechnet er wird vom Mond zum neuen Anführer gewählt. Als hätte er nicht schon genug Probleme damit, respektiert zu werden, droht auch schon die erste Katastrophe. Das Schicksal zeigt, wie kurz sein Rudel vorm Abgrund stand und dass vor seiner Herrschaft keinesfalls alles so gut zuging, wie es schien. Das Schicksal zeigt auch, dass er der einzige ist, der sein Rudel noch retten kann.

76

Nach einer Revolution werden in einer großen, düsteren Halle die Gesetze für das neue Land beschlossen. Ein paar Menschen, die die Revolution überlebt haben, versuchen die Versammlung zu sabotieren, denn sie wollen ihre alte Demokratie zurück. Doch das endet in einem Blutbad. Des Weiteren ist das der Auslöser für die Jagd auf alle Gegner der neuen Regierung. Mit viel Aufwand schaffen sie es, einen ihrer eigenen Leute in eine hohe Position einzuschleusen. Das Leben vieler hängt nun vom Vorgehen dieser einen Person ab, dabei hätte er fast die Seiten gewechselt.

77

Eine Frau läuft des Nachts an einem Fluss entlang und findet ein einsames Baby. Gegen den Willen der anderen Bewohner zieht sie es groß. Das Kind hat seltsame, fast magisch wirkende Fähigkeiten, die im Dorf für Unruhe sorgen. Die Frau schickt das Kind, schweren Herzens, in eine Schule, in der Kinder lernen, mit solchen Fähigkeiten umzugehen. Doch die Kinder werden dort zu

Waffen ausgebildet. Als das Kind erwachsen geworden ist, bekommt es den Auftrag, sein Heimatdorf anzugreifen, um seine Treue zu testen. Die Person weigert sich und wendet sich gegen die Organisation.

78

In einem Zoo werden magische Tiere ausgestellt. Die Tiere werden dort aber nicht gut behandelt, zumal sie einfach aus der freien Natur gefangen wurden. Bei einem Auftritt rastet eines der misshandelten Tiere aus und sorgt dafür, dass alle ausbrechen können. Das führt in der Großstadt zu so viel Chaos, dass fast alle Menschen fliehen müssen. Nur wenige sind noch übrig. Trotzdem erobert die Natur die Stadt zurück. Damit ist das Schicksal der Stadt aber noch lange nicht besiegelt.

79

Zwei junge Tiere zweier Arten wachen auf einer Wiese auf. Sie kennen diesen Ort nicht, aber sie treffen auf andere Tiere und stellen fest, dass sie geopfert wurden. Gemeinsam versuchen sie die Gottheit zu finden, der sie geopfert wurden, damit diese sie wieder ins Leben zurückschickt. Denn beide sind Teil einer Prophezeiungen und haben eine wichtige Aufgabe zu erfüllen.

80

Ein Mädchen reist durch ihre Träume in andere Welten, doch sie weiß nichts davon. Für sie sind es nur normale Träume, in denen sie sogar neue Freunde kennengelernt hat, die in jedem Traum wieder auftauchen. Schon bald sollten diese Träume auch zu ihrer eigenen Realität werden.

81

Ein Mann findet auf einem Schrottplatz ein altes Radio, das noch funktioniert und nimmt es mit. Zuhause säubert er es und schaltet es an. Seltsamerweise spielt es nur alte Lieder ohne etwas eingelegt zu haben und erreicht Sender, die es schon lange nicht mehr gibt. Bald stellt sich heraus, dass man über das Radio auch kommunizieren kann…Doch mit Menschen aus der Vergangenheit, aus der Zeit, in der das Radio einst verwendet wurde. Der Mann glaubt es erst nicht. Über das Radio kommuniziert er mit einer Gruppe von Menschen, die seine Hilfe brauchen.

82

Ein junges Mädchen wird ständig geärgert, weil sie blind ist. Die Jahre vergehen und sie hat gelernt, gut auf den Straßen ihres Landes zurechtzukommen. Als sie erwachsen wird, beschließt sie, sich zu einer Kriegerin ausbilden zu lassen. Doch auch dort hat sie wieder mit Anfeindungen zu leben und muss sich immer mehr beweisen als alle anderen. Sie träumt von dem Moment, an dem sie allen beweisen kann, dass sie genauso gut oder sogar besser ist als die anderen. Dieser Moment soll schneller kommen als ihr lieb ist. Sie scheitert, weil sie noch nicht bereit war, wird entführt und gibt sich die Schuld am Tod ihrer Freunde, weil sie doch noch nicht so gut war, wie sie dachte. Später schafft sie es, alle zu retten und das nicht wegen ihrer Fähigkeiten im Kampf.

83

In einem Camp werden Krieger ausgebildet, die Gen-veränderte Menschen bekämpfen sollen. Das Training ist hart und viele Teilnehmer scheitern. Ihre Zielpersonen sind kaum von normalen Menschen zu unterscheiden. Eine Absolventin bekommt direkt nach ihrem Bestehen eine Zielperson zugeordnet. Die Verfolgung stellt sich als schwer heraus und letztlich wird sie sogar zur Verfolgten.
Sie wird ebenfalls zu einem Gen-veränderten Menschen und zweifelt an den Gründen ihrer Mission.

84

Eine Frau kannte nichts als den Kampf. Als Kind lebte sie sehr arm und geriet in die Fänge einer Gruppe, die Kämpfe in Arenen veranstaltete. Niemand hatte damit gerechnet, dass sie mehr als einen Kampf überleben würde, doch nun ist sie sogar Anführerin dieser Gruppe und baut ihren Einfluss weiter aus.

85

Eine junge Prinzessin wurde dazu erzogen, stets den Normen zu entsprechen. Eines Nachmittags wird sie von einer Gruppe Kinder gerettet, die im Wald leben. Trotzdem wurde der Prinzessin verboten, ihre Retter und neuen Freunde wiederzusehen. Also schlich sie jeden Tag, wann immer es passte, in den Wald. Bei dem verborgenen Volk der Jäger, aus dem die Kinder stammten, wurde die Prinzessin gut aufgenommen. So vergingen die Jahre, ohne dass jemand etwas bemerkte. Als dem Land der Prinzessin ein Angriff drohte, dachte sie, das geheime Volk davon überzeugen zu können, sich zu zeigen und ihrem Land zur Seite zu stehen. Doch sie weigerten sich. Die Prinzessin sah keine andere Möglichkeit als sie zu zwingen. Doch sie verloren. Die Prinzessin wurde nach der Eroberung ihres Landes verfolgt und auch das geheime Volk wollte ihr nun keine Zuflucht mehr bieten. Erst als nun auch das Geheime Volk der Jäger in Gefahr war, schien die Prinzessin, die unauffindbar war , die einzige Chance zu sein, die drohende Gefahr zu verhindern.

86

Jeder, der Magie ausübt, hat ein Seelentier. Nur mit diesem kann die Magie ihre volle Stärke entfalten. Je weiter weg das Seelentier ist, desto schwächer wird die Magie, stirbt es, dann kann der Mensch nur überleben, wenn die Bindung vorher durchbrochen wird, indem er ein anderes Seelentier annimmt. Eine Organisation hat es sich zur Aufgabe gemacht, die schwächeren Seelentiere zu entführen und zu töten, um die Magie auszulöschen. Dabei wird auch das, einer jungen Magierin, getötet. Doch durch Zufall wurde die Bindung vorher durchbrochen. Das neue Seelentier stellt sich als sehr gefährlich und mächtig heraus.
Als sie durch ihr neues Seelentier viel Einfluss gewinnt, versuchen andere sie zu manipulieren.

87

Ein paranoider König hat eine uneinnehmbare Festung in den Bergen errichten lassen. Nur ausgewählte Personen durften dort leben. Als der König von einem Eindringling hörte, ließ er die Festung komplett schließen und nach dem

Eindringling suchen. Doch es konnte niemand gefunden werden. Die Festung blieb verschlossen, niemand durfte hinein oder hinaus. Nur zwei Mal im Jahr wurden die Tore geöffnet, um die Vorräte auffüllen zu lassen. So ging es jahrelang weiter und alles schien friedlich, bis sich der Eindringling unvorhergesehen zu erkennen gibt.

88

In einer Welt, in der alle magische Mischwesen sind, wird ein Mensch geboren, dieser Mensch ist mit nichts gemischt und hat auch keine Magie. Die Frau tut alles, um sich anzupassen und hinterher zu kommen. Sie versucht sich, entsprechend ihrer Fähigkeiten ein Leben aufzubauen und ihren Platz und Sinn in der Gesellschaft zu finden. Trotz all der Bemühungen fühlt sie sich oft ausgeschlossen und einsam. Als eines Tages, nach einer Naturkatastrophe, Schatten umher ziehen, die Magie fressen, wird sie von manchen dafür verantwortlich gemacht. Doch nun ist sie die einzige, die es gewohnt ist, ohne Magie zu leben, die einzige, der diese Schatten nichts anhaben können…Die einzige, die

die Möglichkeit hat, die Schatten zu besiegen.

89

In Mitten eines riesigen Ozeans, gibt es ein gewaltiges Loch. Das Wasser bildet eine Wand und der Boden ist trocken. Dort steht ein Schloss, welches die Harmonie zwischen dem Leben an Land und dem Leben im Wasser sicherstellt. Nachdem die Landlebewesen immer mehr an Macht gewinnen, ist es einigen Wasserbewohnern eindeutig genug. Sie schließen die Wasseroberfläche, sodass das Schloss von Luft und Licht abgeschnitten ist. Des Weiteren drohen sie, die Wasserwand komplett einstürzen zu lassen.

90

Ein kleiner Junge läuft durch einen magischen Wald. In der Schule wurde er ständig geärgert und auch sonst hatte er niemanden, an den er sich wenden oder mit dem er Zeit verbringen könnte. Sein einziger Freund war ein alter, verzweigter Baum, bei dem der Junge jedes Mal das Gefühl hatte, der Baum würde mit ihm sprechen. Dort angekommen kletterte er nach oben. Doch ein Ast brach ab, und der Junge stürzte zu Boden. Nachdem er sein Bewusstsein wiedererlangte, richtete er sich noch immer benommen auf. Er erschrak, als sich die Äste des Baumes bewegten und ihn in die Höhe hoben. Verwundert fand er sich vor dem riesigen Gesicht des Baumes wieder. Der Baum erzählte dem Jungen, dass er lange geschlafen habe und es jetzt zu spät sei, um zurück zu laufen. Er bot dem Jungen an, ihn zu einer Hütte zu führen, in der er übernachten könnte. Der Junge stimmte zu. Am nächsten Tag wanderten sie gemeinsam durch den Wald. Jede Pflanze hatte ein Gesicht und viele konnten auch sprechen. Der Junge freute sich, endlich mit jemandem reden und spielen zu können.

91

In jedem Garten gibt es eine winzige, versteckte Stadt, in der Elfen und andere mystische Kreaturen leben. Sie sorgen dafür, dass die Abläufe der Natur funktionieren. In einem verwilderten Garten lebt ein Elfenvolk, das als sehr stürmisch und unerzogen gilt.

Bei den jährlichen Spielen im Frühling spaltet ein Vorfall die Völker und löst beinahe einen Krieg aus. Es bilden sich unerwartete Allianzen.

92

Ein Magier kennt alle Geheimnisse des Universums und gilt als Allwissend. Der Rat beschließt, dass es zwei weitere Personen geben sollte, die diese Fähigkeiten haben, falls dem Magier etwas passieren sollte. Durch ein Ritual werden ein Junge und ein Mädchen ausgewählt, die in den kommenden Jahren alles, was möglich war, lernen sollten.

93

Einem Alchemisten wurde verboten seine Experimente fortzuführen, denn ein Unglück, an dem er schuld war, hat viele Leben gekostet. Doch er wollte sich seine Leidenschaft nicht nehmen lassen, zumal er fest davon überzeugt war, kurz vor einem Durchbruch zu stehen. Also verlegte er sein Labor in einen versteckten Raum, wo er auch hin und wieder andere, zwielichtige Alchemisten einlud. Dort machten sie nicht nur fragwürdige Experimente, sondern planten auch eine Revolution. Doch sie wussten nicht, dass es einen Spion unter ihnen gab.

94

Ein Junge arbeitet in einer Luftschiff-Fabrik und träumt davon, eines Tages selbst damit fliegen zu können. Durch eine Katastrophe sollte sein Wunsch eher in Erfüllung gehen, als er es wollte. Er und seine Freunde klauen eines der wichtigsten Luftschiffe, um es vor den Eindringlingen zu schützen. Nun müssen sie beweisen, dass sie doch mehr können, als ihnen zugetraut wurde. Ein Wettrennen und ein Kampf in der Luft beginnt.

95

Eine Gruppe Schüler will beweisen, dass sie genauso gut sind wie die Älteren aus der Wissenschaftsschule. Nachdem sie durch Zufall herausgefunden haben, dass eine neue Welt entdeckt wurde, beschließen sie als erstes dorthin zu reisen, um die Welt zu erkunden. Als sie die

Reise mit dem kleinen Raumschiff beginnen, scheint noch alles gut zu gehen. Doch die Bekanntschaft mit einem riesigen Monster sorgt dafür, dass sie fast gerettet werden müssen. Zweifel spalten die Freunde und schnell stellt sich heraus, dass ihre Reise schwere Folgen nach sich zieht und über das Schicksal mehrerer Welten entscheiden könnte.

96

Mitten in einer riesigen Tropfsteinhöhle soll eine Elfenstadt gebaut werden. Doch dabei wecken sie eine Kreatur, die es eigentlich nur in Legenden gibt. Ein Wasserdrache treibt in den Gewässern der Höhle sein Unwesen und der Plan der Elfen gerät ins Stocken. Die Elfen haben vor, den Drachen zu töten, denn die Stadt muss gebaut werden. Ein paar Elfen schließen sich zusammen, um den Drachen zu retten. Doch ein Kompromiss ist schwerer zu erreichen als gedacht. Sie müssen mit dem mittlerweile gefangenen Drachen fliehen. Leider ist aus der gesamten Situation eine persönliche Angelegenheit mit den Anführern geworden. Nur durch eine zufällige Erkenntnis entsteht endlich Frieden.

97

In einem Wald, der einst eine Stadt war, stehen unzählige Statuen. Plötzlich erwachte eine davon aus ihrer Starre. Es stellt sich heraus, dass die Statuen die verfluchten Bewohner sind. Da die Stadt nun schon lange in Ruinen liegt, soll sie abgerissen werden, um die daneben liegende, überbevölkerte Großstadt zu erweitern. Die kleine lebendige Statue versucht den Verantwortlichen für den Fluch zu finden und seine Freunde zu befreien, bevor sie zerstört werden.

98

In einem Land voller Magie, brach plötzlich Chaos aus. Der Kristall, der die Magie bündelte, ist zerbrochen und niemand weiß warum. Seither ist alles vertauscht. Was groß war, ist nun klein, Fische sind auf dem Land und allerlei Kuriositäten treten auf. So lustig es am Anfang auch war, führte das schnell zu gefährlichen Vorfällen. Eine Gruppe begabter Magier wird entsandt, um herauszufinden, was dafür verantwortlich ist und wie man das Problem beheben kann. Doch auch Freiwillige machen sich unabhängig von der

Gruppe auf die Suche. Nachdem von Unbekannten sogar eine Belohnung ausgesetzt wurde, beginnt ein Konkurrenzkampf. Weitere seltsame Vorfälle sorgen dafür, dass den Tätern immer mehr auf die Schliche gekommen wird. Doch das ist nur eine Falle. Denn die Täter sind mächtiger als gedacht.

99

Eine Magierin schöpft Wasser aus einer magischen Quelle, die in einem alten kleinen Tempel liegt. Daraus braut sie Heiltränke. Eines Tages versiegt die Quelle. Es stellt sich heraus, dass das Wasser aus einer Höhle kommt, die mit längst vergessenen Schätzen gefüllt ist. Aus einem verfluchten Schatz haben sich kleine Kreaturen gebildet. Sie haben sich in dem Gang angesiedelt, durch den das Wasser zum Tempel fließt. Die Kreaturen vermehren sich rasant und es scheint keine Möglichkeit zu geben, den Schatz zu zerstören. Die Kreaturen drohen an die Oberfläche zu gelangen, doch das hätte verheerende Folgen. Der Verursacher für den Fluch ist jemand ganz anderes als gedacht. Nur durch einen Kampf und ein Opfer kann die Magierin Schlimmeres verhindern.

100

An einem Wasserfall mit einem kleinen Bach und einem See treffen sich jeden Tag zwei Tiere. Der Bach ist die Grenze zwischen den Territorien verfeindeter Arten. Die beiden Jungen dürfen sich eigentlich nicht treffen, doch ihre Freundschaft ist stärker als die Feindschaft ihrer Vorfahren. Es dauerte nicht lange, bis die Klanmitglieder das herausfinden und die beiden bestrafen. Nach mehreren Morden auf beiden Seiten und als ihre heiligen Stätten zerstört wurden, entstand ein Krieg. Die Freunde sind gezwungen, gegeneinander zu kämpfen und durch einen Streit wären sie fast wirklich zu Feinden geworden. Sie begeben sich auf die Suche nach der Wahrheit und den tatsächlichen Verursachern und können so den Krieg zwischen ihren Klans stoppen.

101

Eine Drachenreiterin wird nach einem Krieg verletzt und zieht sich zurück, damit sie und ihr

Drache ihre Wunden und Traumata verarbeiten können. Da sie sich gegenüber dem Königreich verpflichtet hat, wird sie gesucht. Als ein neuer Krieg droht, hält sie sich immer noch versteckt und zählt als Verräterin. Eigentlich wollte sie den neuen Krieg ignorieren, doch als sie bei einem Angriff ihre Freunde retten wollte, wurde sie von den eigenen Leuten gefangen genommen und gezwungen zu kämpfen. Sie tut so, als würde sie sich den Gegnern anschließen, um dann letztlich beide Anführer zu töten und beide Länder zusammenzuführen.

102

Auf einem fremden Planeten erforscht ein Team eine Höhle. Eigentlich wollten sie die Flora und Fauna untersuchen, doch sie stoßen dabei versehentlich auf ein verschüttetes Raumschiff und tote Aliens. Nach dem Durchbruch, durch eine Steinwand am Ende der riesigen Höhle, die wie ein Schlachtfeld aussieht, stellen die Forscher fest, dass es hier ein ganzes System aus Höhlen und Tunneln gibt. Sie treffen auf zwei intelligente Lebensformen, eine von ihnen wird unterdrückt. Unabsichtlich löst das Team Chaos aus und

entfacht damit eine Revolution der Unterdrückten.
Krieg bricht aus und die Forscher stecken
mittendrin. Sie schaffen es gerade so zu fliehen.

103

Eine fröhliche Seestadt wurde nach einem
Todesfall verflucht. Das Wasser des Sees färbte
sich schwarz und beheimatete gruselige
Kreaturen, die es schwer machten, die Stadt mit
dem Boot zu verlassen oder zu betreten. Dunkle
Magier zogen ein und tyrannisierten die
Bewohner. Die Brücke wurde bewacht. Unter
allen, die keine oder helle Magie hatten, herrschte
Armut.
Eines Tages wurde ein Kind entdeckt, welches
helle und dunkle Magie beherrschte. Es wurde für
die Revolution ausgebildet und ausgenutzt. Ein
lange ausgeklügelter Plan wird umgesetzt und mit
einigen Umwegen und Hindernissen können die
Bewohner ihre Stadt zurückerobern.

104

Eine Frau ist dafür bekannt, alle Tiere zähmen zu können, egal welcher Art. Eines Tages bekommt sie einen besonders schweren Auftrag. Nach allen Versuchen schaffte sie es nicht, das Tier zu zähmen und es sollte getötet werden. Sie bekommt Mitleid und versucht es zu befreien. Das Tier führt sie zu einer Insel voller solcher Kreaturen und sie findet heraus, dass Wilderer die Tiere fangen und zu ihr bringen, damit sie sie zähmt und die Tiere dann verkauft und in Shows gezeigt werden können. Die Frau gibt ihr lukratives Geschäft auf und widmet ihr Leben der Rettung und dem Schutz dieser Tiere.

105

Gigantische Züge, fahren in einen Bahnhof ein. Ein Paar ist auf der Flucht und steigt ein, die Verfolger ebenfalls. Die Züge sind so groß wie ganze Wohnblöcke. Ein Katz und Maus-Spiel beginnt und das Paar trifft auf Leute, die ihnen helfen. Eigentlich haben sie nichts Schlimmes gemacht, sie wollten nur ein besseres Leben.

106

In einer entlegenen Hütte lebt ein Knochensammler. Jeden Tag ist er im Wald unterwegs, um die Knochen toter Tiere zu sammeln. Er rekonstruiert die Tiere und manche erweckt er mittels Magie wieder zum Leben. Eines Tages findet er Knochen, die ihm unbekannt sind. Voller Freude, eine neue Art entdeckt zu haben, setzt er die Knochen wieder zusammen. Nach längerem Überlegen beschließt er, dieses Tier wiederzubeleben. Doch damit hat er ein Monster geschaffen. Ein Monster, das viele Menschen getötet hat. Begabte Jäger und Magier haben Ewigkeiten gebraucht, um es zu erlegen, nun lebt es wieder und ist stärker als zuvor. Doch es vertraut dem Knochensammler. Dieser muss nun das Vertrauen ausnutzen, um andere zu retten.

107

Ein Kind aus einem kleinen alten Dorf fällt beim Spielen in einen Brunnen. Zu dessen Verwunderung, findet es sich in einer Höhle wieder. Die Höhle ist riesig und in der Mitte fließt ein Fluss. Hier sah alles so aus wie oben, nur statt

Sonnenlicht, leuchteten hier die Pflanzen. Das Kind wird von humanoiden Lebewesen aufgenommen und umsorgt. Es stellt sich heraus, dass diese Wesen von den Siedlern vertrieben wurden. Die Überlebenden haben sich hier unten versteckt. Das Kind lernt viel über ihre Gebräuche und darüber, dass die Zeit in dieser Höhle schneller vergeht. Ein Jahr in der Höhle ist eine Stunde an der Oberfläche. Die Bewohner des Dorfes suchen das Kind und klettern den Brunnen hinab. Nach ein paar Schwierigkeiten können beide Kulturen, dank dem Kind als Vermittler, friedlich zusammenleben.

108

In einer Arena finden Kämpfe gegen wilde Tiere statt, um das Volk zu bespaßen. Es werden auch Wetten abgeschlossen. Meist werden Gefangene zu den Kämpfen gezwungen. Eine Frau meldet sich freiwillig, doch es wird ihr verboten, teilzunehmen. Letztlich schafft sie es, die anderen zu überreden, aber Vielen ist ihre Teilnahme immer noch ein Dorn im Auge. Die Frau ist eine ausgebildete Kriegerin aus einem weit entfernten

Land und nimmt auch an anderen Kämpfen teil. Als sie gegen die Tiere antritt, tötet sie diese nicht, sondern lässt sie frei. In dem entstandenen Chaos stürmen sie und ihre Gruppe das Schloss und stürzen die Regierung. Doch das neue Land aufzubauen und zu regieren ist schwerer als gedacht. Die Frau wird manipuliert, ist Angriffen ausgesetzt und zu allem Überfluss wird das Land von einer Hungersnot geplagt. Viele Menschen fallen den darauf folgenden Machtspielen zum Opfer.

109

Eine Frau wacht nach einem Unfall auf einer idyllischen Wiese auf. Sie liegt unter einem Baum und auf der Wiese blühen unzählige Blumen. Die Frau hat keine Erinnerungen an den Unfall, aber der Ort kommt ihr bekannt vor. Das ist ihr Lieblingsplatz in ihrer Kindheit gewesen. Noch kurz genoss sie die Entspannung, dann beschloss sie, nach Hause zu gehen. Doch die Wiese nahm kein Ende, stattdessen kam sie wieder bei dem Baum raus. Je verrückter sie selbst wurde, desto verrückter wurden auch die Ereignisse um sie herum. Blumen flogen wie Schmetterlinge weg, der Boden hob und senkte sich. Die Wiese verwandelte sich mehr und mehr zu einer gruseligen Sumpflandschaft. Ein Licht zeigte sich in der Ferne. Auf dem Weg dahin wird sie mit ihren größten Ängsten konfrontiert und findet heraus, was passiert ist, doch wenn sie stark bleibt und das Licht erreicht, kann sie in ihr Leben zurückkehren.

110

Tief in einem riesigen Wald steht ein Baum, der unendlich groß und alt wirkt. Je angesehener man ist, desto weiter oben darf man leben, denn dort lauern weniger Gefahren. Tiere aus dem Wald greifen immer wieder die Eingänge am Boden an. Als sich die Angriffe häuften und verheerender wurden, war es einigen Bewohner genug. Sie forderten die gleiche Sicherheit, die die Bewohner weiter oben haben. Des Weiteren forderten sie, dass sich die Baumkronen Bewohner zeigen und sich für die Armut verantworten. Den Forderungen wurde nachgekommen und es kehrte erst einmal wieder Frieden ein. Doch einige Skeptiker vermuten, dass dies nicht die wirklichen

Anführer waren und dass die Angriffe der Tiere bewusst zugelassen oder sogar absichtlich in die Wege geleitet wurden. Also bahnt sich eine kleine Gruppe heimlich ihren Weg nach oben.

111

Ein Raumschiff stürzt aus unerklärlichen Gründen auf einem fremden Planeten ab. Zum Glück der Besatzung, ist der Planet lebensfreundlich. Sie senden einen Hilferuf aus, doch selbst wenn es jemand hören würde, würde es mehrere Wochen dauern, bis Rettung ankommt. Vorräte waren noch ausreichend vorhanden. Die Kreatur, die heimlich jagt auf die Gruppe macht, scheint deren Gedanken manipulieren zu können. In letzter Sekunde können ein paar von ihnen gerettet werden, doch eine Person scheint verdächtig seltsam.